NAO SASAKI

Vom Schicksal geschliffen

DIAMOND IN THE ROUGH

Kurotobi

Er ist ein ehemaliger Erzhandwerker des Bergbaubunds und hinter Kais rotem Diamanten her.

Mineral ◆ Stibnit

Yukari

Eine geheimnisvolle junge Frau, die Kai versteinert hat. Sie ist Kurotobis Komplizin.

Kai

Seine Familie und sein linkes Bein, in dem nun der rote Diamant steckt, wurden von einem mysteriösen Erzhandwerker versteinert.

Mineral ◆ Diamant, roter Diamant

In einer Welt, in deren Mittelpunkt Steine stehen, nimmt der reisende Erzhandwerker Akeboshi in einem unterirdischen Dorf Kai als Lehrling auf, dessen linkes Bein und Familie drei Jahre zuvor von Kurotobi versteinert wurden.

An ihrem ersten Ziel, dem Bergbaubund, angelangt, müssen die zwei zum ersten Mal ihre Kräfte mit Kurotobi messen, der an Kais roten Diamanten gelangen will. Sie können ihn vertreiben. Dennoch wird mit einem erneuten Angriff gerechnet. Akeboshi, Kai und Ko machen sich auf zur Aonibi-Mine, dem Wohnort des befreundeten Waffenschmiedes Benito. Kaum hat Kai eine neue Waffe erhalten, taucht eine mysteriöse Frau auf und versteinert ihn! Jetzt liegt es an Akeboshi, ihn zu heilen, doch dieser wird zu Fürst Tsuzumi, einem der zwölf Steinbilder, abgeführt ...

Tsuzumi

Als eines der zwölf Steinbilder ist er ein Bekannter
von Akeboshi. Außerdem
ist er Fürst der Aonibi-Mine.

Mineral ◆ Aquamarin

Akeboshi

Er ist Erzhandwerker, Kais Retter und
Lehrmeister. Er ist zwar nicht besonders gut
im Lehren, gilt aber als äußerst geschickt im
Umgang mit Rubinen.

Mineral ◆ Rubin

Sakon

Sie ist Kommandantin der ersten Einheit
der Inspektionsbehörde des Bergbaubunds und Kos Lehrmeisterin. Sie ist
cool, redet aber seltsam hochgestochen.

Mineral ◆ Lapislazuli

Ko

Sie ist Mitglied des Bergbaubunds. Sie tritt
Feinden gemeinsam mit ihrem Tigergefährten
Huang-Fu gegenüber und vergöttert Akeboshi.

Mineral ◆ Tigerauge

INHALT

DIAMOND IN THE ROUGH
Vom Schicksal geschliffen

Nao Sasaki

Ja-wohl ...

Nun gut.

Fräulein Ko, warten Sie bitte hier.

Aonibi-Mine Wasserpalast

Kapitel 14: Aquamarin

... Herrn Akeboshi gut geht?

Ob es ...

Stups

Doch in Wirklichkeit sind die Haltung und das Vertrauen jedes Mitglieds gegenüber dem Bund ganz unterschiedlich.

Die zwölf Steinbilder sind die Auslese der besten Erzhandwerker des Bergbaubundes.

Vor allem glaube ich, dass sich Herr Akeboshi und Herr Tsuzumi nicht gut verstehen ...

Er hasst den Bund. Er wird sicher versuchen, mir mit dieser Verhaftung zu helfen.

Tsuzumi also ...

Grummel...

... aber mir bleibt wohl nichts anderes übrig.

Ich will wirklich nicht vor ihm auf die Knie ...

Aber jedes Mal macht er mich blöd an.

KLOPF

... wie immer, Tsuzumi.

So freundlich ...

ボコッ Plock

バサッ Plock

Die taugen nicht mal als Hundehalsband.

Waffe runter!

Wa...?! Die Fesseln sollten seine Leitkraft doch versiegeln!

Pfiuuusch オッ

ギュ

Na, biste aus der Übu...

!!!

Donk

Blubb

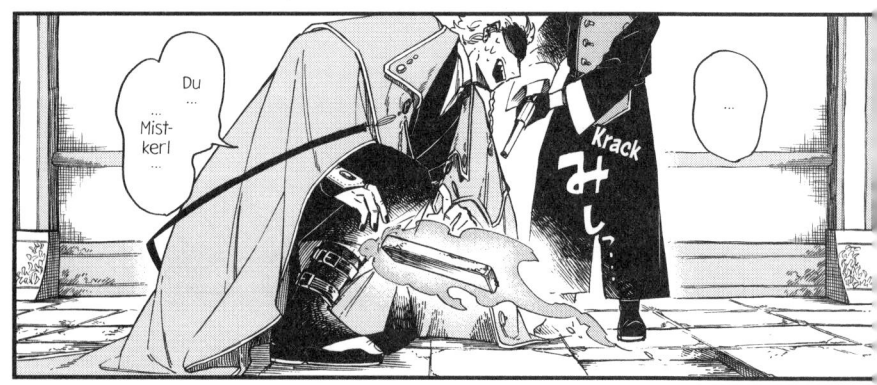

Du ... Mistkerl ...

...

Krack

Hast du vor lauter Überheblichkeit nicht nach unten geschaut?

Sagt der Richtige.

Ratsch ズパッ

!

Wusch ヒュッ

Tu nicht so schlau, ist ja widerlich!

Mit dir zu reden regt mich nur auf.

Zur Seite!

Redest du etwa immer noch nur mit den Fäusten?

Jetzt also?

Damit hör ich dir zu.

Gracks パキッ

Deinen Posten als eines der zwölf Steinbilder hast du aufgegeben.

Was für ein Versager.

Du bist vor dem Bund geflohen!

H!!

Dompf

Hust Hust

Um dann ein Problemkind als Lehrling zu nehmen ...

... und damit eine halbe Stadt zu zerstören?

Und nach all dem lässt du Egoist den Jungen mit dir reisen?!

Am Ende ...

...
konntest du ihn noch nicht mal beschützen.

...
so armselig, wie du bist?

Solltest du nicht weinen ...

Sterben will ich!

Weinen?

Batsch

Pff

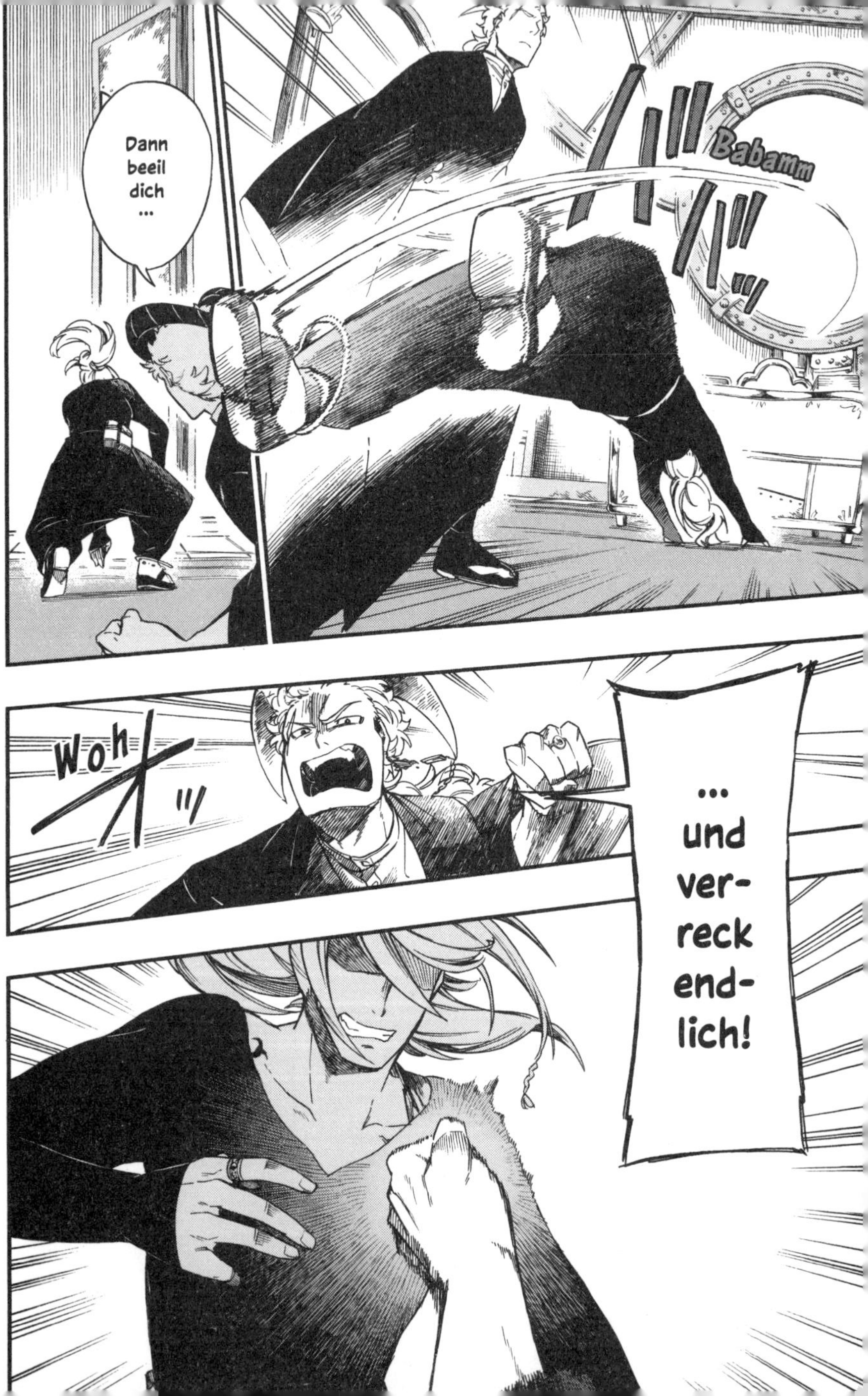
Babamm
Dann beeil dich ...
... und ver-reck end-lich!
Woh

Gwartz

!!

?!

Wieso
fühlt er
sich so hart
wie Stein
an?

Mist!

Ich
fühl mich
so arm-
selig
...
ich
könnt
sterben,
aber
...

Das hat gesessen.

Ver- dammt noch mal! Uff ...!

Eine Steinfres- serin.

... hat meinen Lehrling verstei- nert.

Eine mit einem schwarzen Horn ...

...

Zweifel- los.

...

Im Ernst?

Ja,
genau.

Ist sie
das?

Sie arbeitet
mit versteiner-
ten Monstern.
Von Raub bis hin
zu Mord, sie
ist für alles
bekannt.

Sie
ist eine
Schande
für unser
Volk.

Seit
sie ein
Kind ist,
wird nach
ihr ge-
fahndet.

Sie
heißt
Yukari.

Tut
mir
leid
...

...
aber
ich habe
keine
andere
Wahl.

Und
jetzt?
Du Bastard
warst doch
sonst immer
so durch-
trieben.

Ich will meinem Lehrling unbedingt helfen.

... Bitte ...

geh mir zur Hand.

Ich will mit ganzer Kraft helfen, sie zu verhaften.

... dürftest du nicht so leicht davonkommen.

... und wie du Mumyos Vorschlag, den Jungen zu beschützen, abgelehnt hast ...

Angesichts des Werts des roten Diamanten ...

... wäre übertrieben.

Aber dich gleich zu verhaften, weil du deinen Lehrling nicht beschützen konntest ...

Fuuh"

Pah! Kniet da etwa eines der zwölf Steinbilder vor mir?

Den Anblick war's wert, du hast meine Hilfe.

Hab vielen Dank ...

Die ganze Zeit ...

Ich danke dir von tiefstem Herzen!!

Überzeugend klang das ja nicht. Noch mal!

Jemand, der denkt, alles weglachen zu können.

... war er für mich nur ein widerliches Weichei ohne jegliche Überzeugung.

Hat er endlich ...

... etwas gefunden, wofür er kämpfen will?

...!

Quieeh

Ent-schuldige die Stö-rung.

H... He-rein!

KLOPF KLOPF

Äh ... Ich meinte, Kommandan-tin der ers-ten Abtei-lung!

Schüttel Schüttel

Meis-terin!

Zieh den Mantel an!

Es tut mir aufrich-tig leid ...

... dass mein Einsatz fehlge-schlagen ist.

Ein Tag im Haus des alten Bao: Morgens

Gleich zum Frühstücksdienst

Wacht auf, bevor der Wecker klingelt.

Blink

Kai ist Frühaufsteher.

Guten Morgen!

Schleck

Waah

Schrill

Schleck

Bei Ko geht das Aufstehen so halbwegs.

Dompf

Akeboshi hingegen ...

Ich wollte mit euch frühstücken ...

Ake

Schlaf doch weiter ...

... ist der ultimative Morgenmuffel!

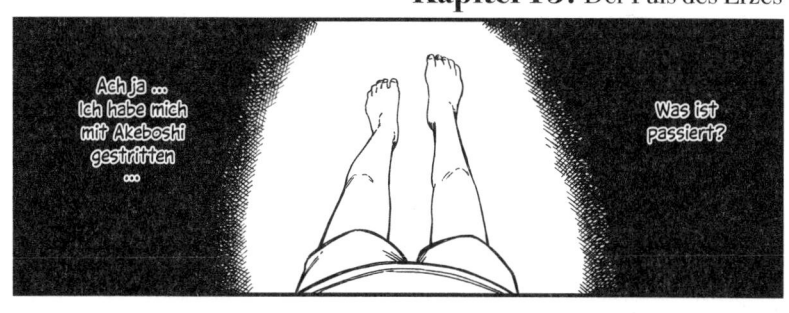

Ach ja ...
Ich habe mich
mit Akeboshi
gestritten
...

Was ist
passiert?

Ich ... Ich
wurde ver-
steinert!

Genau!

Wieso kann
ich mich dann
bewegen?!

Aber
...

Und
...

... wo bin ich hier?

Kapitel 15: Der Puls des Erzes

Wir sind in der Erz-ader.

Der Ort, an dem sich die Seelen aller Steine versammeln.

Mir wurde befohlen, dich herumzuführen, Kai.

Ich habe keinen Namen.

... rotes Haar.

... Was für schaurig-schönes ...

... wer bist du?

Und ...

Hi hi

Ich weiß alles über dich, Kai.

Aber woher kennst du meinen Namen?!

!

Deshalb kannst du dich frei bewegen.

Fwah

... bist du jetzt eine Steinseele. So hast du die Erzader erreicht.

Da du versteinert wurdest ...

Deshalb hast du's hierhergeschafft.

Deine Abstimmung ist hoch.

Deine Leitkraft ist noch nicht ausgereift, vielleicht spürst du Nebenwirkungen.

Flimmer

Flacker

Aber pass auf!

Bumm

L... Leitkraft?

34

... benutzen die Leit- kraft, um der Erzader Kräfte zu entzie- hen.

Ja, alle Erzhand- werker ...

Fschhh

Tsching

Man leitet und lenkt Kraft, so wie ein Rohr.

Es ist genau das, wonach es klingt.

Plätscher

Die Flamme ist zum Diamanten gewor- den?!

!

Hey, Kai! Ich zeig dir noch schönere Orte!

Ruck

Äh ...

...

zitter

Schüttel

Schüttel

Halt! Ich falle noch in Trance!

Halt, Moment mal!

Hey ...

Und natürlich den Himmel aus Andesin-Labradorit!

Die sphaleritene Blumenwiese!

Den Opalregenbogen!

Rückweg?

Zeig mir den Rückweg!

Tut mir leid, aber ich muss sofort zurück!

Den gibt es nicht.

Das ist nicht möglich.

Du willst wieder zu einem Menschen werden?

Ich kann dir alles zeigen, was du sehen willst!

Wohin gehst du?!

Kai!

Sorry, kein Bedarf.

Ruck

Srt

He!

Wupp

Zubamf!!

Wah!

アッ

Ich finde den Rückweg selber.

む Hmpf

Lass uns noch reden! Und spielen!

Ich habe so lange auf dich gewartet!

Wieso willst du heim?!

ぷん Puff

ぷん Puff

Aua!

ぐん

Wumm

Gwatz コッ

Sei still und setz dich hin!

Aber ich habe keine Zeit zum Spielen!

Das tut mir auch leid!

Uff, dann bleibe ich halt noch kurz ...

Aha ...

Deine Lieblingsjuwelen!

Guck mal!

PLOPP

PLOPP
ポコ

PLOPP
ポコ

ポコ

ジャ
ラ

Klimper

Ooh, stimmt! Der ist ja, äh ... hübsch!

Guck mal! Der steht dir total!

Also ich, weißt du, ich empfehle den Diamanten.

Kai, welches willst du?

Wa... Was zum ...?!

!

もこ

Fluff

もこ

Flausch

もー

Flausch

Ist es nicht egal, ob du dort bist?

Was willst du dort?

Wieso willst du unbedingt heim?

...werden alle nur in heller Aufregung sein, weil sie dich beschützen müssen.

Du bist schwach. Auch wenn du zurückkehren solltest ...

...sind bestimmt erleichtert, dass du weg bist.

Die anderen ...

Vielleicht kennst du den Weg einfach nicht.

Bist du taub? Es gibt keinen Rückweg! Es ist sinnlos!

...zu deiner Familie?!

Möchtest du nicht...

Kai, warte!

...!

ズル Srtsch
ル

Bröckel
ガラッ…
Autsch …
Ich hab's dir doch gesagt! Hier versammeln sich die Steinseelen!
Ich kann dich zu deiner Familie bringen!
Dann können wir alle gemeinsam hier leben!
Das wird sicher lustig!
Kai, das …
Nein.
Ich werde sie heilen.

Wieso?
Wieso willst du so sehr zurück?
Kannst du nicht warten, bis jemand ...
... anderes sie heilt?
Auf keinen Fall!
Ich muss zurück.
So schnell wie möglich.
So schnell ...
... wie möglich!

... oder aufgeben, weil es kein Heilmittel gegen die Versteinerung gibt.

Soll er doch erleichtert sein, dass ich weg bin ...

Wär's ...

... uns beiden egal ...

... wäre alles einfacher.

Kapitel 16: Zu dritt

... wird deine Leit-kraft gewaltig anwachsen, solltest du bestehen.

!

Verweigerst du die Prüfung, verschlinge ich deine Seele an Ort und Stelle.

Was ...?

...

K... Kai!

Du hattest von Anfang an keine Wahl.

In
diesem
Haufen
Steine
...

...
musst
du den
wert-
vollsten
finden
...

...
und mir
bringen.

Ver-
stehe
...

Sie haben
es durch
die Barriere
geschafft
...

Kiiie

Der
Feind
muss mit
mächtigen
Techniken
hantie-
ren!

Haaah

Oh?

Ko, die Klammer am Mantel fällt gleich runter.

Halt still, ich richte das.

Trapp Trapp

Kommandant Chitose.

Hm?

Katscha

Waaaah

Flupp

Ein gläserner Stinkekäfer, sieh dich vor!

Ich hasse Käfer! Weg damiiit!

Raschel
Raschel

Beruhige dich!

Weg mit dem Käfer!

Meisterin ...?!

Entschuldigen Sie die Störung! Fürst Tsuzumi verlangt nach Ihnen!

Klopf
Klopf

Ko.

Du wurdest gesund gepflegt, toll.

Wow, der Fürst persönlich!

Sakon, Kommandantin der ersten Einheit der östlichen Zweigstelle der Inspektionsbehörde.

Herr Akeboshi!

!

Hast du dir Sorgen gemacht?

Ｕ̀Ｕ̈Ｗ̈ＡＡ̈Ａ̈Ａ̈ｈ

Sie sind in Sicherheit, Gott sei Dank!!

Herr Akeboshiiii!

Bevor ihr rumschwatzt, will ich noch etwas klarstellen.

Oh, die Fesseln sind weg!

...

Der Bund fordert die Ingewahrsamnahme von Kai und Akeboshi.

Wenn Akeboshi hierbleibt, sind die beiden voneinander getrennt ...

Fürst Tsuzumi, ich überlasse Euch Akeboshi, wie Ihr es befohlen habt.

Was Kai angeht ...

... sowie die Befreiung der Zivilisten aus ihrer Versteinerung.

Die Festnahme Kurotobis, auch wenn er ein Erzhandwerker ist ...

Der Bund beabsichtigt zweierlei.

... wir könnten durchaus während seines Transports angegriffen werden.
Es wäre wohl besser, hier weiter über ihn zu wachen.
!
Gut, dann ist es beschlossen.
Akeboshi und sein Lehrling bleiben bei mir.
Und wir machen Kurotobi und Yukari die Hölle heiß!

Folgt mir!

Genug gelabert.

GWIPP

Sakon, bist du dir sicher?

Sie trägt den Kristall nicht mehr!

Nun lasset uns gehen.

Hast du 'ne coole Meisterin.

Ich habe doch nur vernünftig argumentiert.

Das ist alles.

Ruuuuuuheeeee!!

Fwuuuh

Zuck

Zuck

Die Bedürftigen zuerst!

Nur Notfälle! Und einer nach dem anderen!

Ihr Tölpel! Benehmt euch gefälligst vor meinen Gästen!

... aber die Leute kommen trotzdem zu ihm.

Auf den ersten Blick scheint er unnahbar ...

Bitte.

Nur zu.

Gebt mir fünf Minuten.

Huch?

Wie beliebt er ist.

Lasst uns spielen!

...Verantwortungsgefühl als Anführer der Steinfresser.

Sie spüren seine Entschlossenheit und sein...

...er war es, der dieses Meer erschaffen hat.

Denn...

Hat gedauert, sorry. Gehen wir.

Was für ein Meer?

Das muss der Gipfel der Mine sein.
Ja.
Hier in etwa.
So viele Maschinen, mega!
Tsumi, du hast Gäste?
Uno! Du drückst dich vor der Arbeit und alles bleibt an mir hängen!
Was, echt? Ui, tut mir leid.
Schwupp
よっと
Ich hatte das Gefühl, dass ich heute eine gute sehe. Eine Erzader, weißte.
Aber hey, oft lässt du Leute vom Bund nicht hier rein.
Trapp
Trapp
Trapp

So zart besaitet? Wegen so was ...?

Ein Gentleman!

Zeig nicht so viel Haut! Wie oft denn noch!

Hääää え

ハッサッッ
Flapp

くッ4っ
Zerr

Herr Akeboshi, was meint er mit Wassersicht?

Eine Person.

Ach?

Ähm ...

Hm? Wonach suchst du denn?

Aber hatt ich'eh vor.

Ähem

Uno, mach die Wassersicht fertig! Schnell!

Ein Tag im Haus des alten Bao: Mittags

... hat Tsu-zumi allein mit seinem Aquamarin erschaf-fen.

Dieses Meer ...

Durch seine gewaltige Leitkraft hat er hier eine große Menge Wasser angesammelt.

Kapitel 17: Ein Vorzeichen

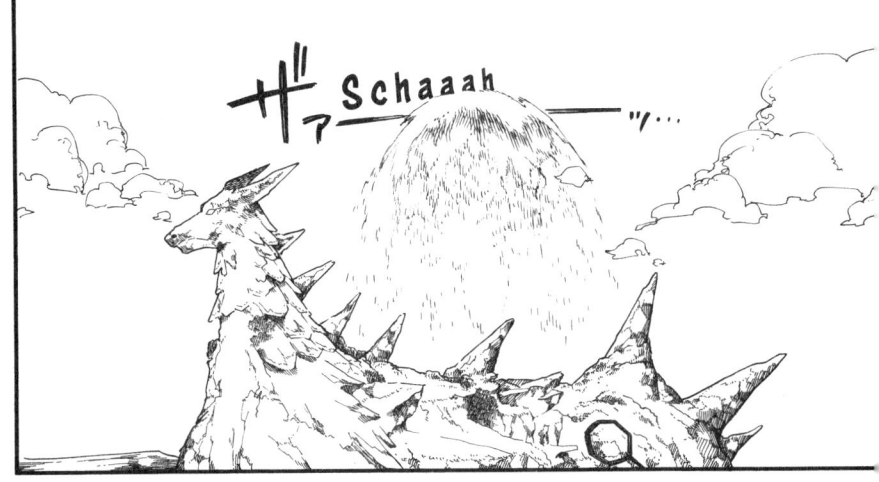

Schaaah

Uno nutzt dieses Wasser, um mit dem »inneren Auge« des Obsidians eine Markierung zu suchen.

Markie-rung?

Ja, der Blick des inneren Auges ist scharf.

An Yukari haftet immer noch Wasser von hier, das ist die Markie-rung.

Das bisschen reicht aus?!

Selbst ein Tropfen in der Wüste wäre vor ihr nicht sicher.

Fürst Tsuzumis Sekretärin **Uno**
Mineral: Obsidian
Fähigkeit: Aufspüren mittels Leitkraft

Plitsch

125. Längengrad West!

43. Breitengrad Nord!

Hab sie!

Flapp

Die Karte.

Danke.

Das ist der große ...

Am Drachennacken also ...

Die Aonibi-Mine befindet sich am Berghang des Rumpfes, also hat sie bereits zwei Rückenflossenberge überquert.

Wir sind hier (Aonibi-Mine)

... Rückenwirbel des Drachen. Das größte Nest versteinerter Monster des Drachenkontinents.

Akeboshi, wann sollen wir aufbrechen?

Ach ja? Das wäre ideal für Yukari, eine Basis zu errichten.

84

Morgen früh.

Morgen.

Wenn Yukaris einziges Ziel war, Kai zu versteinern, dann könnte sie noch weiter weg fliehen.

Wir müssen uns beeilen.

PLOPP プ

platz プ

Wieso die Eile?

Ja, bitte.

Soll ich Kommandant Yin benachrichtigen?

Nun gut. Ich werde Vorkehrungen für einen Express-Flugdrachen treffen.

Danke, Sakon.

Boiing
Ake-riiin! Du bist wieder daaa!
Ach Uno, aufgedreht wie eh und je.
Danke für deine Hilfe.
Für dich doch immer!
Kein Bwhing! (Kein Ding!)
Ake-rin ...
... dein Körper macht dir Sorgen, nicht?
Kommt das davon, dass du immer so in Eile bist?
...

...

Mir geht's gut. Nicht doch!

Ach kooomm, du bist so undurchschaubar.

Hä?

Tsu-zumi.

Kann ich Kai morgen dir anvertrauen?

Noch dazu ...

Mit deinem Einfluss ist es an deiner Seite am sichersten.

Dich brauche ich hier.

Willst du etwa ohne mich los?

... ist mit Mumyo etwas faul.
Ich weiß nicht, ob es den ganzen Bund betrifft, aber als eines der zwölf Steinzeichen ...
... solltest du lieber stillhalten.
...
Fürst Tsuzumi!
Meisterin Mumyo will Euch sprechen.
Ich komme.
Ich begleite dich.
Du störst nur.
Grummel
Ähem ...!

Du redest dann wieder so unschuldig wie ein Kätzchen, bist aber ein Wolf im Schafspelz. Da läuft's mir nur wieder kalt den Rücken runter.

Tsumi, warteee!

Komm, ich zeig dir dein Zimmer!

Hä?

Er hat gerade »Ruh dich aus und überlass das mir!« gesagt!

Poff Poff

Kätzchen?

Ich glaube, der Fragwürdige hier bist du, Tsuzumi ...

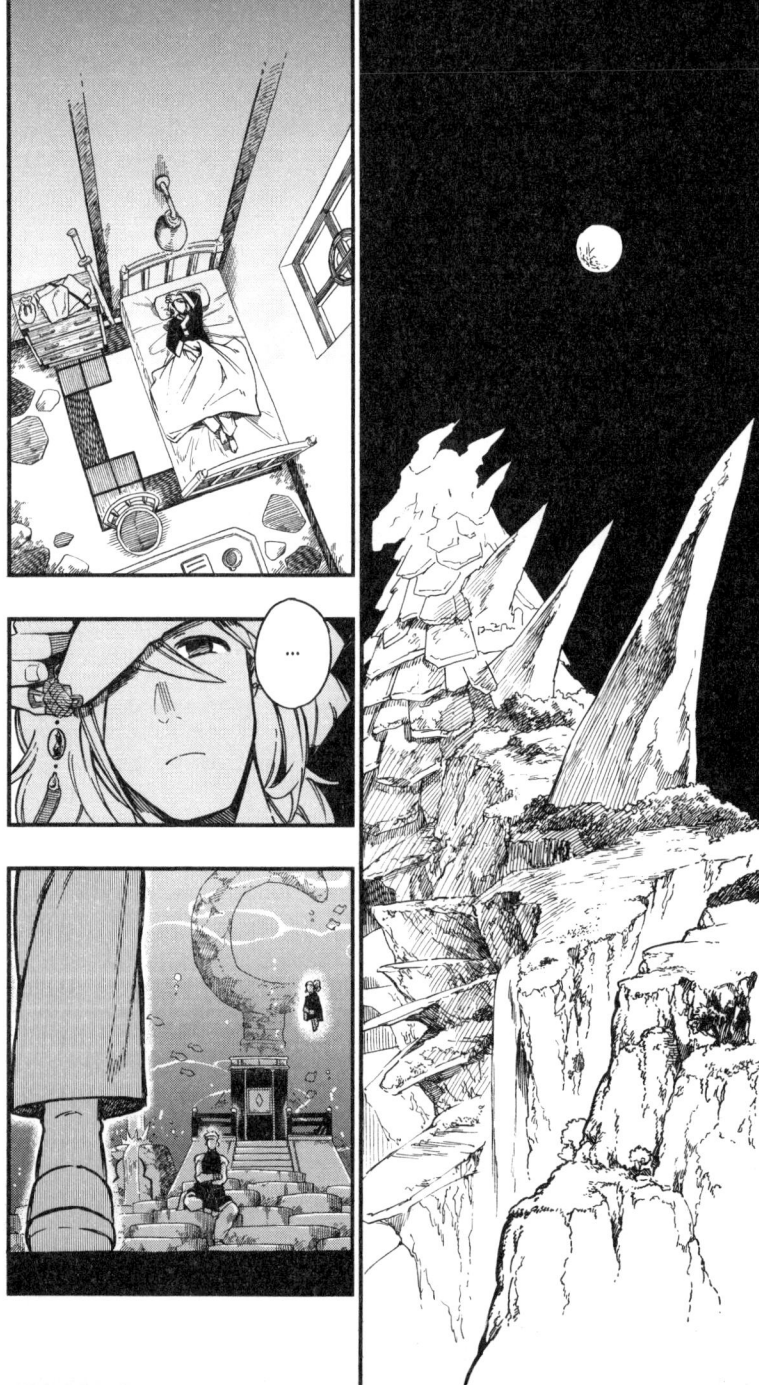

Es ist schön hier.
Das Wasser gehorcht Tsuzumi.
Daher gilt dies als der sicherste Ort.
Auch Meeres-steinmonster schaffen's nicht hier-her.
Shi-rai.
Sag, magst du's nicht kurz aufma-chen?
!
Na gut ...
Die Kombi ist 29, 82 und 47.
Raus mit uns!
Hä? Wie-so?

Strahl

Quieeh

Klapp

29, 82, 47 ... Kupfer, Blei und Silber also.

...

Keine Sorge ... Ich geb auf mich acht.

Halt noch ein wenig durch.

Kai, ich werde dafür sorgen, dass Kurotobi ausspuckt, wie man dich heilen kann.

... nur erreichen könnte, wenn ich von dieser Welt verschwinde.

... das Glück, nach dem ich bisher gestrebt habe ...

Es hat mir gezeigt, dass ich ...

Mich lässt es nicht los, wie böse du auf mich warst.

Jetzt ...

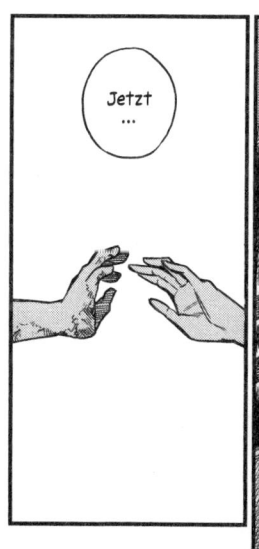

Aber hey, das ist jetzt anders.

... will ich ...

... einfach nur noch mal mit dir reisen können.

Mit dir zusammen.

Ich will leben.

Flapp

Eigent-
lich wollte
ich gegen Ku-
rotobi mehr
Leute zuwei-
sen, aber
...

Der
Rest
bleibt
hier und
hütet
Kai.

Ich
und Ko
begleiten
Akebo-
shi.

Der
Express-
Flugdrache
ist bereit
...

Grummel

Hmm, ich sollte Ko und Sakon nicht so viel Stress bereiten.

Wovon reden Sie?!

Meisterin Mumyo hatte zieeemlich schlechte Laune.

Besser nicht.

Das ist lieb von dir, Ko.

Ich will Kai doch auch helfen!

FIUPP

Hm?

Hey, Akeboshi.

98

Ein Tag im Haus des alten Bao: Abends

112

Ist das ein Rubin?

Hmm ...

Oder ein Spinell? Granate sehen anders aus, glaube ich.

Ooh, wirklich?!

Die erkenne ich! Das sind Diamanten!

Mögen Menschen Diamanten nicht?

Na ja, aber die können es nicht sein, das wäre zu einfach.

Argh! Hätte ich doch nur ein Refraktometer oder ein Spektroskop! Ein Polariskop wäre auch toll!

Wuschel Wuschel

Kai, guck mal!

Du hasst rote Diamanten, nicht?

Aber gerade deswegen gibt's so viel Ärger mit ihnen.

Die meisten Leute schon.

Kai ...

Aber jemand hat mal ...

Früher schon.

...

Und gerettet wurde ich von Edelsteinen auch.

Knack

... zu mir gesagt.

»Sie existieren nur.

Sie trifft keine Schuld.«

!

... Ich glaub ...

... dass ich sie jetzt auch mögen kann.

Ja, doch!

Hmm ... Macht die Kommunikation schwerer. Ein Name würde helfen.

Nein. Wieso?

Übrigens, hast du echt keinen Namen?

Okay, lass mich überlegen.

Ähmm

Kai, bitte, bitte!

Was, ich?!

Na, dann gib mir doch einen!

So viel Verantwortung!

Wenn Edelsteine bloß existieren ...

Ich geh dir noch mehr Diamanten suchen!

Hurra

Oh ... Nur mit der Ruhe!

... dann ist es der Mensch, der ihnen nach Belieben Wert zuweist.

»Hast du nicht daran gedacht, dass er vielleicht nur wegen deines roten Diamanten so nett zu dir ist?«

Ich hab Edelsteine von normalen Steinen getrennt ...

... aber was ist mit den normalen Steinen?

»Seine Lebens-
weise ...

Seine
Entschlos-
senheit ...

Sein
Leben
selbst
...

Wenn Sie glauben,
dass all das schwä-
cher leuchtet als ro-
te Diamanten ...«

Prassel

Wie konnte
ich nur so
dumm sein?!

Der Dia-
mant hat
Wert?!

Wenn ich einen der Edelsteine hier auswähle ...

... bin ich keinen Deut besser als die, die sich um meinen roten Diamanten zusammengerottet haben!

»Ich habe ...

Akeboshi hat mich nicht wegen des roten Diamanten als Lehrling aufgenommen.

Tja, was bedeutet Wert nun also?

Mit einem Funkeln in den Augen hast du geschworen, deine Familie zu retten.

... das unnachgiebig in dir scheinende Licht gesehen, als ich dir in dem Dorf begegnete.

Mach diese Ge- fühle nicht zu Kiesel- steinen.«

Das ist es!

Hoff- nung ...

Ich darf den Wert nicht in diesen Steinen suchen.

Ich hab's!

Sag
mal
...

Du
feuerst
gar keine
Flammen
ab.

Igno-
rierst du
mich?

...

Ich benutze meine Flamme schon noch.

Hust
Hust

Aber nur, wenn's nötig ist.

Jetzt mal echt.

Dir fehlt's an Manieren.

Manieren?

... ringen die Versteinerungskräfte des Stibnits und das Taubenblut miteinander.

In Akeboshis Körper ...

Er dürfte also keine Techniken benutzen können, die viel Leitkraft verschlingen.

Tsching

Rubin!

Badomm
Von rechts ...?
Oder doch von links?
Krick
!
Ein Frontal-angriff!
Tsching

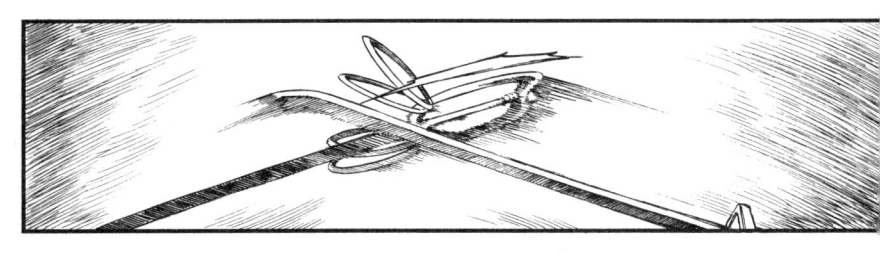

Ich will
dich was
fragen.

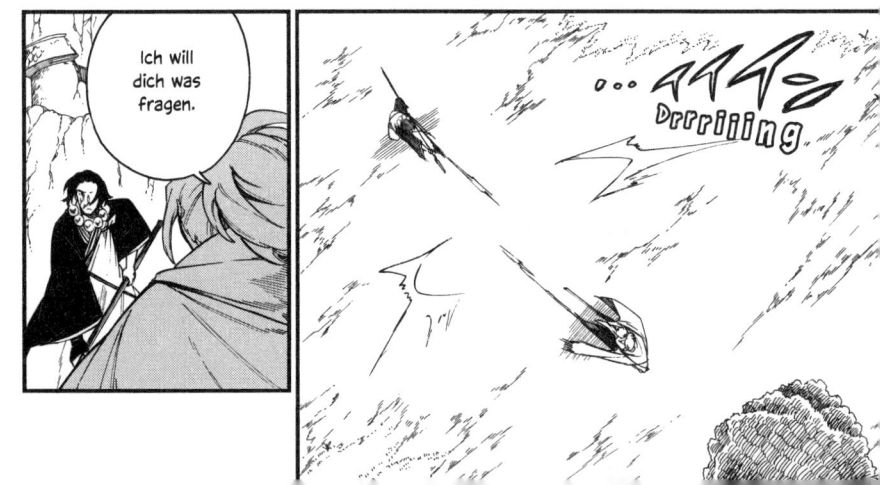

Wieso hast du den Jungen komplett versteinert?

Das Gleiche wie du.

Was ich will?

Was willst du eigentlich?

Wenn es dir nur um den roten Diamanten ginge, wäre das nicht nötig.

Talent?

Ich hab das Talent des Jungen gesehen.

Na, was, glaubst du, machen Leute, deren Körperteil zum Edelstein wurde, meistens?

Sie schneiden den Edelstein einfach ... ab.

Und dann gibt es noch diejenigen, die froh sind, ihre Körperteile für Geld verkaufen zu können. Wie geschmacklos.

... und andere, um Edelsteinjägern zu entfliehen.

Manche Trottel machen es, weil sie keinen Fremdkörper im Leib haben wollen ...

Ich weiß es.

Er ist es.

Er hat seine Situation akzeptiert und der rote Diamant hat sich ihm sogar angepasst.

Aber der Junge ist anders.

Rohdia...?

Der Rohdia-mant!

Krack

Krtck

Knirsch

Er ist kein Fertig-produkt wie wir!

Die Speer-spitze ist gewach-sen?

Bamm

Ja, früher schon.

Krck

Ich dachte, du hasst Edelsteine wegen der Experi-mente!

Knirsch

Krack

バキッ...

Doch dann begriff ich!

Ich beneidete ihre atem-beraubende Schönheit!

138

Wären alle Menschen wunderschöne Edelsteine ...

... würde diese Welt zu einer des Glücks werden.

Was?

Patsch

Menschen und ihre Streitereien ...

Ist doch so!

Sie entspringen immer dem Vergleichen!

... und alle sind erleichtert, wenn sie auf wen herabsehen können!

Immer heißt's: »Ich bin besser als der da« ...

Tsching

Denen ganz unten hilft niemand, rauszukommen!

zosch

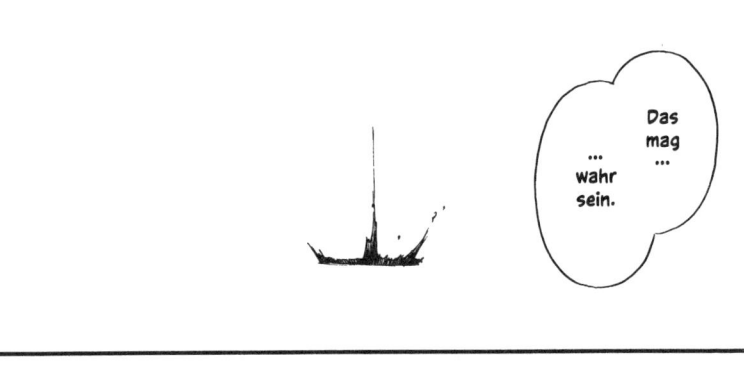

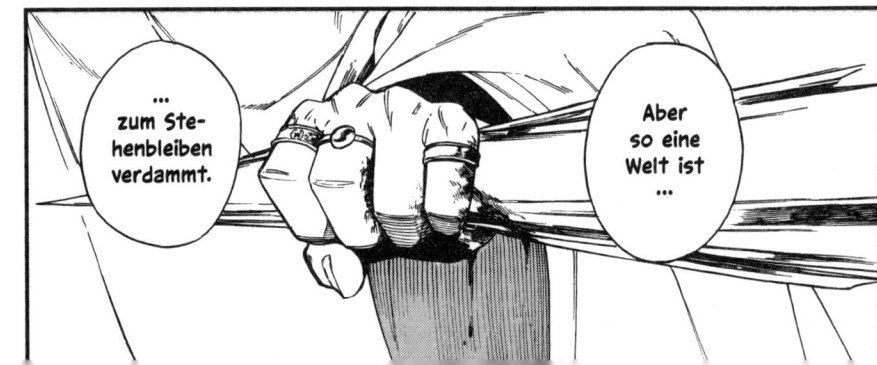

Nichts würde sich je ändern!

... wären ohne Zukunft!

Und die zwei Kinder ...

Deshalb ...

Hab
ich
dich!

Sag
mir, wie
ich Kai hei-
len kann!

Ha ha ...
Gut! Ja!
Ge- nau so!
Mehr ...
Noch mehr!
Leuchte für mich, Tauben- blut!
Das soll es gewesen sein?!

Sag nicht so was Trauriges.
Es hat doch gerade erst angefangen!

Kapitel 20: Der Wert des roten Steins

Kapitel 20: Der Wert des roten Steins

Oh! Rasha, du bist ungewöhnlich früh dran!

Chitose, schau! Rasha ist hier!

Endlich!

Äh, muss ich auch arbeiten?!

Werden wir jetzt abgelöst?

Wir sind unterbesetzt, er wird auch arbeiten!

Blödsinn! Du bist zu nachgiebig!

Stimmt schon, gleich nach'm Flug muss es anstrengend sein.

Shi-
rai!

!!

Ksching

Rasha,
was
zum
Henker
...!

Ach
...

ゆら〜
GWOOOH

Hör auf da- mit!

HOPS

Keuch Hah

Du hast die Kraft des Apatits benutzt?

Aber ich hätte es wissen sollen.

Du bist durchtrieben wie immer.

Wie öde.

Wir kennen uns ja schon lang.

Mit der Kraft der Apatite versteckst du es, aber das Original ist ...

... trotzdem dort drüben, oder?

Solang ich die Richtung kenne ...

Hepp

Was läuft falsch bei dir?!

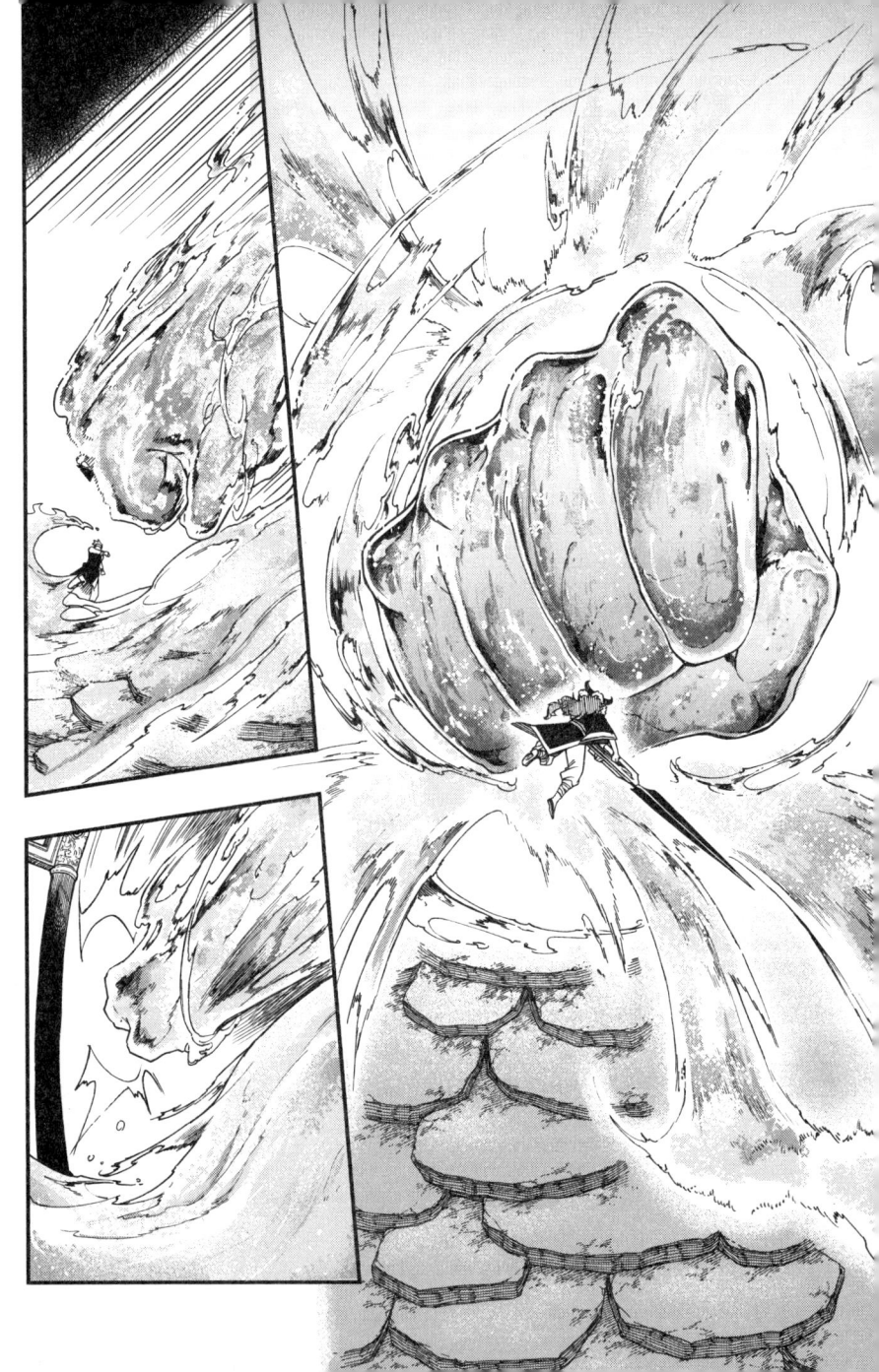

Er scheint nicht von irgendwem gesteuert zu werden.

Ach komm!

Na dann.

Ertrinken sollst du! Ich zerquetsche dich!

Die auch noch?

Fürst Tsuzumi, es tut mir so leid.

Tsumi, nein!

Das Zielobjekt ...

Mach Sitz!
Gwatz
Ups! »Platz!« wär's gewesen!
Ist das die Fähigkeit, Stibnite zu kontrollieren?!
Beweg dich! Na komm schon!
Zitter

Uaaaaah!!

Wapp

!!

Halt!

Ins Körb-chen!

Bamm

Tock

Statuen-
beschwö-
rung!

Ein Tag im Haus des alten Bao: Nachts

Ja, was ist los?

I... Ich hatte nur Durst.

Hä, du bist noch wach?!

Spätnachts

...

Grübel

Ich kann ihm nicht von meinem Albtraum erzählen.

Gluck

!

Schnüff

Aha ... Und was machst du da?

Räucherstäbchen zur Entspannung. Hab ich von Ko bekommen.

Was riecht da so gut?

Also das ist ...

...

Kai blieb bei Akeboshi, bis er einschlief.

Es gibt Zeiten, in denen Edelsteine ...

... etwas Beängstigendes an sich haben.

Der Edelstein der Wunder.

Der rote Diamant.

... auch etwas so Abscheuliches erweckt werden kann?

Wer hätte ahnen können, dass je nach Anwender ...

Kapitel 21: Die Bedeutung des roten Juwels

... kleiner Mensch.

Es scheint, du hast die Ant- wort ...

Lass es mich wissen.

Welcher Stein ist der wert- vollste?

... der wert- vollste ...

Ich glaube ...

Alle?

Ich schum- mel nicht.

... ist dieser Berg.

Alle Steine hier!

Oh?

Ich meine damit jeden Stein, den ich geschliffen habe.

Ich glaube ...

... dass Steine an sich keinen Wert haben.

Wer den Wert bestimmt und beimisst ...

... sind wir Menschen.

Wenn ich also irgendetwas einen Wert beimessen muss, dann meinem eigenen Schaffen.

Die Natur tut so etwas nicht.

Ich glaube ...

... dass im Schleifen all dieser Steine ...

... der Wert liegt!

... der von mir geschliffen wurde, ist wertvoll.

Jeder Stein ...

Ich wurde ...

Nun, das ist so.

Wieso begehrst du alle Steine?

... selber schon mal im Stich gelassen.
Deswegen ...
... sollte keiner zurückgelassen werden.
Das ist der Grund.
Leucht
Verstehe.
Ich habe deine Antwort gehört.

Ich verleihe dir eine Kraft, die deiner Antwort angemessen ist.
Von nun an stehst du im Raum zwischen Stein und Mensch.
Im Zwischenraum?
...
Kai, gratuliere!
Ich wusste, dass du's schaff...
Badumm

Dieses Gefühl ... Benutzt mich da irgendwer?!
Wer? Wer ist das?
Hey, alles okay?
Kai.
Be-ruhige dich und hör mir zu!
Deine Welt steckt in Schwie-rigkeiten.
Was ?!
Ich zeige es dir!
Schließ deine Augen!
O... Okay ...

!!

Was ist
das?!

...
hat
Kurotobi
mit deinem
roten Dia-
manten
...

...
herbei-
gerufen.

Das
...

Was ist
dieses
Riesen-
ding?!

... im Raum zwischen Stein und Mensch stehst ...

Wieso kann er ihn benutzen?! Mein Diamant ...?!

... hast du unabsichtlich Kurotobi mit dem Diamanten verbunden.

Da du ...

Sein Taubenblut ist kurz davor, vom Stibnit verschlungen zu werden.

Akeboshi kann kaum noch stehen.

Es gibt noch Hoffnung!

Warte!

D... Das kann nicht ...

Wofür war dann diese Prüfung?!

... Akeboshi dazu in der Lage sein!

... dann könnte auch ...

Wenn Kurotobi den Diamanten benutzen kann ...

?!

Alles klar!

Alles ging so schnell ...

Tut mir leid ...

Ehrlich gesagt weiß ich nicht, welche das sein wird, aber ...

Jeder Handwerker kann eine andere Kraft aus dem Stein beziehen.

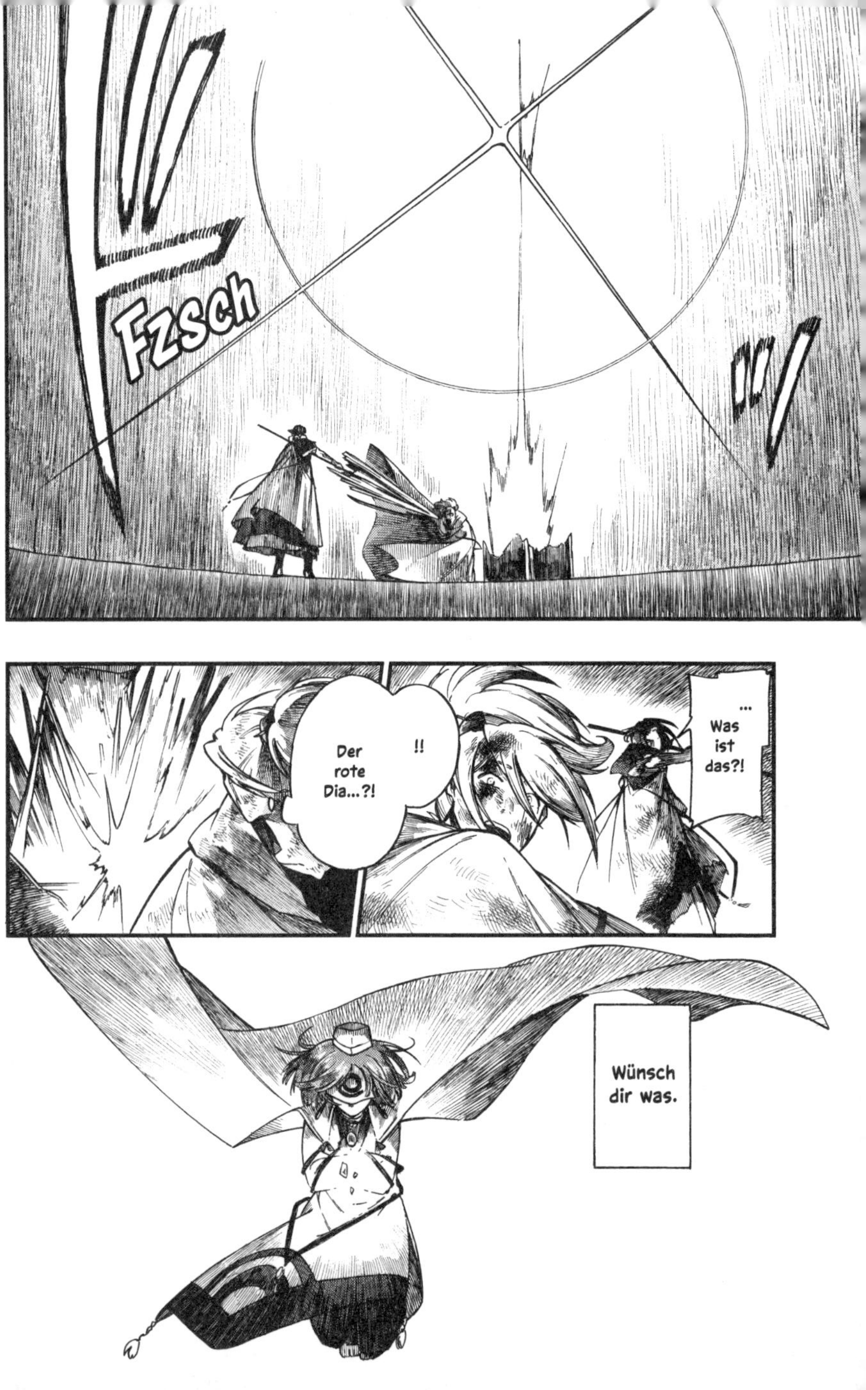
Fzsch
... Was ist das?!
!!
Der rote Dia...?!
Wünsch dir was.

Auch
ich
werde
das
tun.

Diamond in the Rough – Band 3 Ende

BENITO

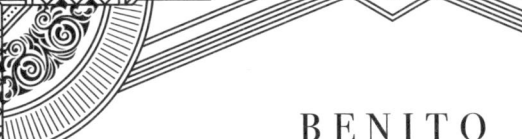

Alter
- 28 Jahre

Geburtsmonat
- Granatmonat (Januar)

Größe
- 185 cm

Hobbys und besondere Fähigkeiten
- Gesichtswasser herstellen
- Waffen begutachten

Vorlieben
- Klatsch und Tratsch
- Muskovit-Glimmer (als Snack)
- Erzrobben

Abneigungen
- Schleimiges Essen

Er liebt es,
wie knusprig
Glimmer sind.

KUROGANE

Alter
* 16 Jahre

Geburtsmonat
* Saphirmonat (September)

Größe
* 160 cm

Hobbys und besondere Fähigkeiten
* Bilder malen
* Münzen stapeln

Vorlieben
* Das Meer
* Mit Metall herumbasteln
* Windbeutel

Abneigungen
* Gehänselt zu werden
* Krieg

Er mag Windbeutel zwar, aber er traut sich nicht, das jemandem zu sagen, da er glaubt, sie passen nicht zu ihm.

DIAMOND IN THE ROUGH

Vom Schicksal geschliffen

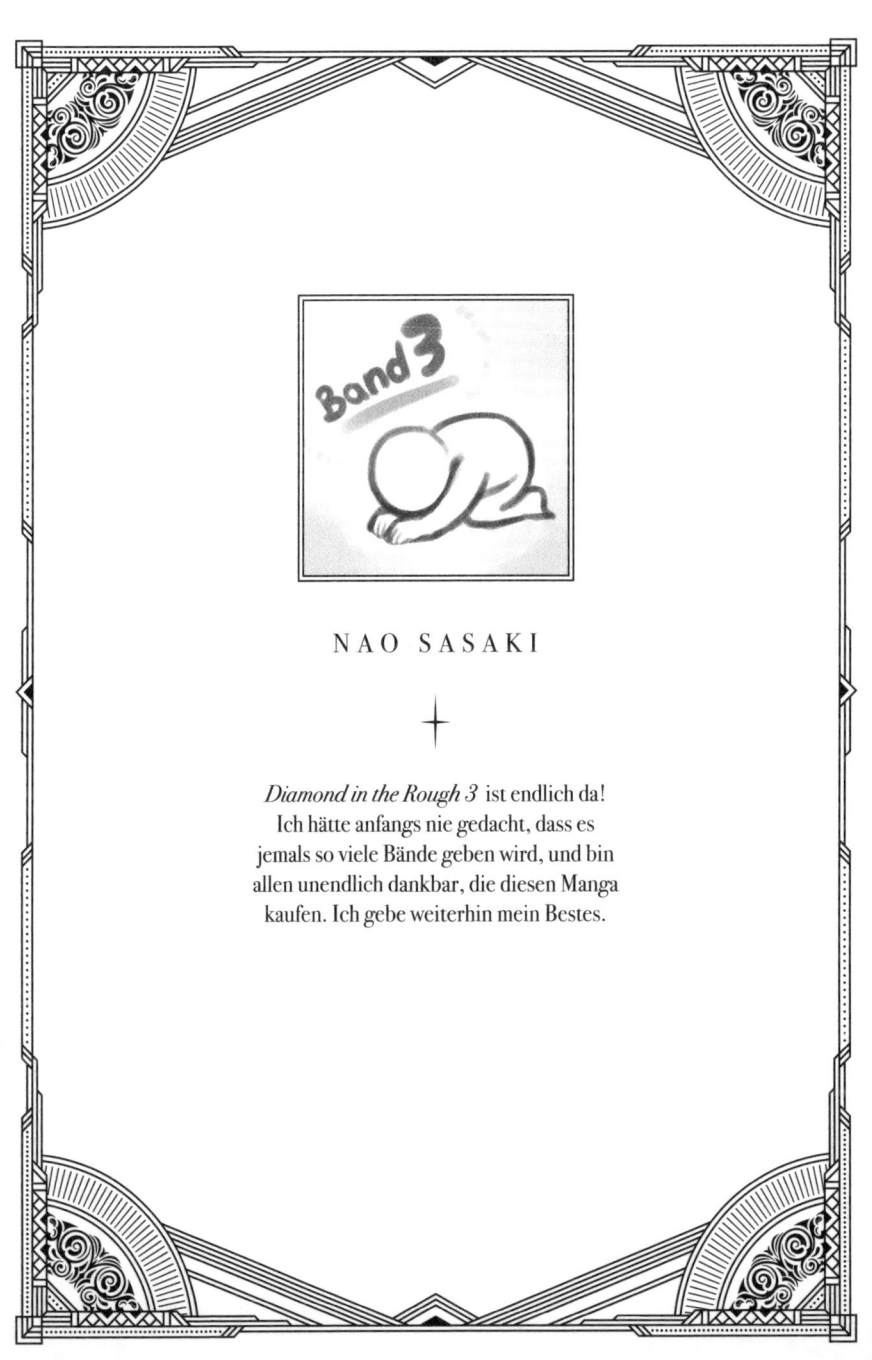

NAO SASAKI

Diamond in the Rough 3 ist endlich da!
Ich hätte anfangs nie gedacht, dass es
jemals so viele Bände geben wird, und bin
allen unendlich dankbar, die diesen Manga
kaufen. Ich gebe weiterhin mein Bestes.

altraverse

Deutsche Ausgabe / German Edition
© Altraverse GmbH – Hamburg 2023
Aus dem Japanischen von Gregor Wakounig

ARAGANE NO KO © 2020 by Nao Sasaki
All rights reserved.
First published in Japan in 2020 by SHUEISHA Inc., Tokyo.
German translation rights in Germany, Austria and German-speaking
Switzerland arranged by SHUEISHA Inc. through VME PLB SAS, France.

Redaktion: Esther Hornbrook
Herstellung: Vivien Bergau
Lettering: Vibrant Publishing Studio

Druck: CPI books GmbH, Leck
Printed in Germany

MIX
Papier
FSC FSC® C083411

ISBN 978-3-7539-1579-1
1. Auflage 2023

www.altraverse.de